101
COSAS QUE DEBERÍAS SABER SOBRE LOS
DINOSAURIOS

Flying Frog Publishing

© 2016 SUSAETA EDICIONES, S.A.
This edition published by
Flying Frog Publishing
Lutherville, MD 21093
Made in India.

101

COSAS QUE DEBERÍAS SABER SOBRE LOS

DINOSAURIOS

Contenido

Una especie apasionante

1 ¿Sabes durante cuánto tiempo poblaron la Tierra los dinosaurios? ¡Nada más y nada menos que durante 180 millones de años!

A lo largo de ese período, a los dinosaurios les dio tiempo de evolucionar de formas muy variadas y por eso existía una enorme diversidad. Los había grandes como edificios y más pequeños que un conejo. Algunos caminaban usando las dos patas traseras y otros haciendo uso de las cuatro. Los había carnívoros, herbívoros, con plumas, escamas, pico, cuernos, garras, alas… Lo único que tenían en común es que todos ponían huevos, la mayoría tenía tres dedos en las patas, casi todos tenían la piel dura y escamosa, y la mayor parte de ellos eran animales terrestres.

2 Se estima que había más de 1,500 especies de dinosaurios.

Hasta ahora, unas 700 han sido nombradas, pero solo la mitad se basan en muestras completas. Los dinosaurios se clasifican, por la forma de su cadera, en «saurisquios» (cadera de lagarto) y «ornitisquios» (cadera de ave).

3 Durante el período Pérmico los mares retrocedieron y los lagos menos profundos desaparecieron.

Así terminó quedando al descubierto una gran extensión de tierra firme. Se formaron tanto desiertos como grandes bosques de coníferas, y algunos animales, como los reptiles, comenzaron a establecerse definitivamente en tierra firme.

El MILLERETA era un reptil parecido a un gran lagarto. Medía unas 23 pulgadas (60 cm) y probablemente era insectívoro.

4 Los reptiles mamiferoides fueron los que más se extendieron, y a finales del período Pérmico dominaban la Tierra.

Los pelicosaurios fueron los animales más extendidos y llamativos, siendo el dimetrodón uno de los más característicos. Era un depredador dominante, tenía forma de lagarto y una aleta dorsal en forma de vela que le permitía regular su temperatura.

El DIMETRODÓN, a pesar de su gracioso aspecto, era un depredador muy fiero. Medía 6 pies y medio (2 metros) y fue uno de los primeros reptiles en tener cresta.

5 Los arcosaurios se dispersaron por todo el planeta.

Estos reptiles fueron los antecesores directos de los dinosaurios y los pterosaurios, pero también de animales que viven hoy en día, como las aves y los cocodrilos.

6 El Pérmico fue el último período de la Era Paleozoica.

El Paleozoico empezó hace 570 millones de años y duró hasta hace 246 millones de años. En su comienzo, ningún ser vivo vivía fuera del agua, ni siquiera las plantas. Al final de esta era, los reptiles dominaban el planeta y los primeros dinosaurios estaban a punto de aparecer.

7 El proterosuchus era muy parecido a los actuales cocodrilos.

Se cree que durante la estación seca se mantenía en letargo, sin comer ni beber.

EL PROTEROSUCHUS tenía fuertes mandíbulas con las que atacaba a especies de mayor tamaño.

8 Los gorgonopsianos fueron los carnívoros dominantes del Pérmico tardío.

Tenían unos caninos largos en forma de hoja de sable y unos incisivos tremendamente fuertes.

¿SABÍAS QUE...?

La comunidad científica ha establecido que las aves, y no los reptiles, son los parientes más cercanos a los dinosaurios.

9 El pareiasaurio tenía patas parecidas a las de los elefantes.

Era el herbívoro típico de las zonas con vegetación baja. Sus poderosas patas se proyectaban hacia los lados, como las de los reptiles. Sus dientes tenían los bordes aserrados para desgarrar mejor las fibras vegetales. ¡En el paladar también tenía dientes!

El PAREIASAURIO, a pesar de su tamaño, era un herbívoro bastante pacífico.

10 El Pérmico debe su nombre a Perm, una antigua provincia rusa.

Esta región estaba situada en los montes Urales, donde se realizaron muchos descubrimientos relativos a este período.

Su dorso estaba protegido con placas óseas alojadas en la piel.

11 En este período, algunos anfibios evolucionaron hasta convertirse en reptiles.

Sus huevos pasaron a ser cleidoicos (cerrados) y esto los liberó de su dependencia acuática para la reproducción.

12 A finales del Pérmico hubo una gran extinción de especies animales.

Los científicos no son capaces de explicar con exactitud lo que ocurrió en la Tierra, pero desapareció el 90% de la vida animal marina y el 70% de la terrestre.

El *DIICTODÓN* tenía pico y dos grandes colmillos curvados en los laterales.

13 El diictodón fue un herbívoro pequeño del tamaño de un lobo.

Vivía cerca de los desiertos y construía madrigueras para protegerse de las altas temperaturas y de los depredadores.

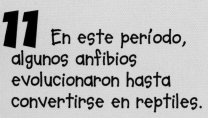

Los primeros dinosaurios

14 Al comienzo de la Era Mesozoica, en el período Triásico, en la Tierra había un solo continente rodeado de agua. Era «Pangea», que significa 'toda la Tierra'.

El clima era cálido y húmedo y los animales podían recorrer el mundo a su antojo sobre tierra firme. Es entonces cuando aparecieron los primeros dinosaurios como el eorraptor o el coelofisis.

15 Cuello muelle

El largo cuello del coelofisis actuaba de muelle, lo que mejoraba su dentellada.

CINOGNATUS

16 El cinognatus, un perro prehistórico

Tenía dos afilados colmillos con los que atacaba a sus presas, aparte de desenterrar raíces y tallos.

17 El postosuchus era un depredador mortífero.

Tenía el cuerpo parecido al de un cocodrilo y las patas típicas de los dinosaurios. Cazaba a sus presas en los extensos y áridos semidesiertos del Triásico, emboscándolas y atacándolas por sorpresa.

18 Más lentos que los que estaban por venir...

Los primeros dinosaurios tenían las patas abiertas a los lados del cuerpo, como los lagartos, lo que los hacía mucho más lentos que los últimos dinosaurios del Cretácico.

POSTOSUCHUS

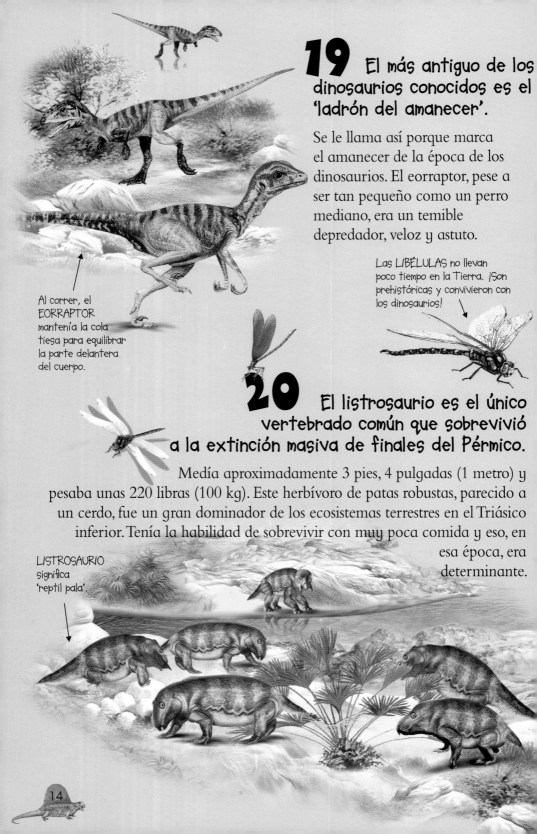

19 El más antiguo de los dinosaurios conocidos es el 'ladrón del amanecer'.

Se le llama así porque marca el amanecer de la época de los dinosaurios. El eorraptor, pese a ser tan pequeño como un perro mediano, era un temible depredador, veloz y astuto.

Al correr, el EORRAPTOR mantenía la cola tiesa para equilibrar la parte delantera del cuerpo.

Las LIBÉLULAS no llevan poco tiempo en la Tierra. ¡Son prehistóricas y convivieron con los dinosaurios!

20 El listrosaurio es el único vertebrado común que sobrevivió a la extinción masiva de finales del Pérmico.

Medía aproximadamente 3 pies, 4 pulgadas (1 metro) y pesaba unas 220 libras (100 kg). Este herbívoro de patas robustas, parecido a un cerdo, fue un gran dominador de los ecosistemas terrestres en el Triásico inferior. Tenía la habilidad de sobrevivir con muy poca comida y eso, en esa época, era determinante.

LISTROSAURIO significa 'reptil pala'.

El COELOFISIS fue un depredador muy veloz y se cree que vivía en manadas.

21 El ágil y rápido coelofisis ('forma hueca') lanzaba dentelladas sanguinarias.

No solo tenía unos dientes afilados como sierras, también movía la dentadura hacia los lados desgarrando sin piedad.

22 Los terópodos fueron los cazadores terrestres dominantes hasta su extinción.

Conforman un variado y amplio grupo de dinosaurios caracterizados por ser carnívoros y andar a dos patas.

¿SABÍAS QUE...?

Los paleontólogos son científicos que estudian las primeras formas de vida sobre la Tierra gracias a los restos fósiles.

23 El estauricosaurio ('reptil de la Cruz del Sur') se llama así porque fue uno de los primeros hallados en el hemisferio sur.

Medía cerca de 6 pies y medio (dos metros), y era capaz de cazar pequeños reptiles con sus «manos» de cinco dedos.

15

Conquistando tierra y aire

24 Durante el Triásico, la mayoría de los animales se mantuvieron cerca de los mares.

En el interior de Pangea se desplegaban grandes desiertos y extensiones áridas en las que tan solo algunos reptiles consiguieron vivir.

25 En el pasado, en lugares como China y Escocia, los restos de dinosaurios a menudo fueron tomados como vestigios de dragones.

La palabra «dinosaurio» proviene del griego *deinos*, que significa 'terrible', y *saura*, que significa 'lagarto'.

EDAFOSAURIO significa 'lagarto terrestre'.

PLATEOSAURIO

26 El plateosaurio fue el primer gran dinosaurio herbívoro.

Era mucho más grande que un autobús y no tenía competencia para conseguir el alimento de la copa de los árboles. Por eso sobrevivió durante muchísimos años.

27 Durante el Triásico, la mayor parte del Himalaya estaba bajo el mar.

El esqueleto de un ictiosaurio enorme se encontró en pleno Tíbet, por eso se llamó «tibetosaurio».

28 En el Triásico, la vegetación se componía de exuberantes plantas verdes sin flores.

Los musgos y las plantas hepáticas (sin tallos ni raíces) eran predominantes de las zonas húmedas. Las plantas altas y los helechos gigantes llegaron a desarrollarse tanto como para medir hasta 98.5 pies (30 metros) de altura. Los primeros dinosaurios se alimentaron de su blando follaje.

29 Los pterosaurios se encargaban de la higiene dental de los grandes dinosaurios.

Estos reptiles voladores picoteaban los jirones de carne que se quedaban entre los dientes de los grandes carnívoros. Los había pequeños como gorriones y enormes como avionetas.

PTEROSAURIO
o 'lagarto alado'.

30 Las alas de los pterosaurios no tenían plumas.

Eran de piel, muy parecidas a las de los murciélagos, y algunos solo podían planear.

31 El eudimorfodón es el pterosaurio más primitivo que se conoce.

Vivía cerca de las costas y realizaba vuelos bajos en busca de peces. Al final de su larga cola ósea tenía un apéndice en forma de diamante que le servía de timón para maniobrar en el aire y dirigir el vuelo.

Las alas del EUDIMORFODÓN podían llegar a medir 3 pies, 3 pulgadas (1 metro).

32 El longiscuama fue un reptil del que podrían provenir las aves.

No se han encontrado muchos restos, pero parecía tener un aspecto bien curioso. Tenía largas escamas que podían ser de colores.

33 Los reptiles voladores rondaban constantemente a los grandes dinosaurios.

Picoteaban sus parásitos, tal y como sucede en la actualidad con los hipopótamos y ciertas aves, y daban buena cuenta de las sobras de sus presas.

34 El dilofosaurio tenía una cabeza muy particular.

Tenía dos huesos curvos en la cabeza que parecían dos medios platos en un escurreplatos. Fue el primer gran dinosaurio carnívoro.

El DILOFOSAURIO medía 23 pies (7 metros) de largo por 8.2 pies (2.5 metros) de alto.

La era de los gigantes

35 Durante el periodo Jurásico, los bosques se poblaron de dinosaurios herbívoros.

El mundo empezó a cambiar de nuevo, las lluvias se hicieron más abundantes y los continentes, que ya empezaban a formarse, se cubrieron de un manto verde. El clima general, cálido y húmedo, propició la aparición de selvas frondosas y bosques de helechos y coníferas que albergaban una biodiversidad espectacular.

SALTASAURIO significa 'reptil que salta'. En el lomo tenía unas placas óseas del tamaño de un plato.

El BRAQUIOSAURIO es el animal más alto y pesado que ha caminado sobre la Tierra.

36 Debido a que el alimento vegetal era casi ilimitado, los herbívoros adquirieron dimensiones titánicas.

El braquiosaurio era un herbívoro gigantesco. ¡Tan alto como un edificio de 4 pisos y tan pesado como 10 elefantes adultos!

37 En esta época vivieron los animales más grandes que jamás han poblado nuestro planeta.

Entre los carnívoros, el más impresionante era el alosaurio, de 39 pies (12 metros) de longitud y 2 toneladas de peso. Caminaba sobre dos patas, y sus garras y dientes de sierra eran temibles.

El ALOSAURIO, 'reptil extraño', solía vivir en grupo.

38 Aunque los dinosaurios que más llaman la atención sean los de mayores dimensiones, la inmensa mayoría eran animales bastante pequeños, de un tamaño ligeramente superior al de una persona.

39 La huella de dinosaurio más grande encontrada hasta la fecha tiene 5 pies (1.5 metros) de diámetro.

¡Imagínate una huella del tamaño de un auto! Se estima que su propietario debía de pesar en torno a las 40 toneladas y medir unos 82 pies (25 metros) de longitud. ¡Tan largo como una pista de tenis!

40 El mamenquisaurio era un gigante herbívoro de 82 pies (25 metros) de largo.

Más de la mitad de esta longitud la ocupaba su enorme cuello.

El ARQUEOPTÉRIX, o 'ala antigua', es el ave más antigua que se conoce.

41 Los dinosaurios carnívoros grandes eran bastante lentos.

Para cazar, tenían que ser muy buenos rastreadores. Localizaban a sus presas sin ser descubiertos y las atacaban por sorpresa con sus imponentes dientes, antes de que pudieran huir.

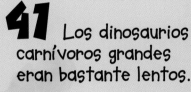

SEISMOSAURIO

42 El dinosaurio más largo era el seismosaurio. ¡Podía medir unos 130 pies (40 metros) de la cola a la cabeza!

Su nombre significa 'reptil terremoto' y su cola era tan larga como el resto de su cuerpo. Con ella se defendía frente a los depredadores, como si fuese un enorme látigo. Se cree que era capaz de moverla a tal velocidad que rompía la barrera del sonido y provocaba un enorme estruendo.

43 El saltasaurio se defendía de forma pasiva.

Se protegía de los depredadores gracias a las placas óseas del tamaño de un plato que tenía insertadas bajo la piel del lomo.

El pacífico SALTASAURIO lograba comer de las ramas más altas.

¿SABÍAS QUE...?

Los huevos que ponían estos gigantes eran también enormes. Podían medir unas 12 pulgadas (30 cm) de diámetro y 16 pulgadas (40 cm) de alto.

44 El diplodocus es otro de estos gigantes, tal vez el más conocido.

Su tamaño era su mejor defensa frente a los depredadores. ¡Unos 98 pies (30 metros) de largo!

La cola en forma de látigo del DIPLODOCUS seguro que mantuvo a más de uno a varios metros de distancia.

Mares del Jurásico

45 Los ictiosaurios dominaron las zonas poco profundas de los mares durante gran parte del Triásico y el Jurásico.

Eran grandes reptiles marinos parecidos a los actuales delfines. Podían nadar a unas 24 millas (40 km/h) y se alimentaban de peces, marisco y otras criaturas marinas, pero su característica más sorprendente es que, pese a ser reptiles, parían a sus crías tal y como hacen los mamíferos. Hasta la llegada del plesiosaurio fueron los reyes de los mares.

El LIOPLEURODÓN
fue un depredador feroz.

46 El imparable
liopleurodón podía medir
hasta 50 pies (15 metros).

Desarrollaba una impresionante aceleración
que le permitía emboscar a sus presas.
Estas se veían sorprendidas
y erán incapaces
de reaccionar.

47 Durante el Jurásico, Pangea se fragmentó.

El período de la hegemonía de los grandes dinosaurios fue también el de la división de Pangea en dos continentes: Laurasia y Gondwana. Entre ellos había grandes océanos llenos de vida.

Se cree que el impresionante ELASMOSAURIO inspiró la leyenda del Lago Ness.

48 El cuello «honda»

El elasmosaurio era un plesiosaurio con un cuello de casi 26 pies (8 metros). Para atacar por sorpresa a sus presas, lanzaba contra ellas su impresionante cuello.

49 Los ictiosaurios eran reptiles carnívoros. Subían a la superficie para llenar sus pulmones de aire y luego realizaban inmersiones de mucha profundidad.

Todo indica que se extinguieron a mitad del Cretácico, ya que no pudieron competir con otros peces y reptiles marinos más rápidos y evolucionados.

El ICTIOSAURIO fue el rey de los mares hasta la llegada del plesiosaurio.

50 Los plesiosaurios dominaron los mares durante el Jurásico.

Tenían el cuello largo y las patas en forma de remos, con los que nadaban increíblemente bien. Sus mandíbulas eran poderosas, capaces de devorar las conchas más duras.

El CRIPTOCLIDUS fue una especie de plesiosaurio. Medía de 10 a 26 pies (3 a 8 metros) de largo y llegaba a pesar 8 toneladas.

51 Los amonites y los nautilos fueron los antecesores de pulpos y sepias.

Otras habitantes de los mares fueron las medusas, que todavía existen hoy en día.

De altos vuelos

52
Los pterosaurios surcaron los cielos durante casi toda la Era Mesozoica.

No eran dinosaurios, sino reptiles voladores.

53 «La avioneta»

Así era conocido el pterosaurio quetzalcoatlus, pues su tamaño quitaba el aliento. Con las alas desplegadas, medía unos 39 pies (12 metros).

DSUNGARÍPTERO

54 Los pterosaurios eran similares a nuestras aves.

Todos los pterosaurios volaban, ponían huevos y habían desarrollado una excelente visión, exactamente igual que las aves actuales.

55 El dsungaríptero tenía el pico puntiagudo y curvado hacia arriba.

Hundía el pico en la arena y el lodo para buscar gusanos o moluscos. También tenía una curiosa cresta.

56 El tropeognatus o 'mandíbula de quilla'.

Se le puso ese nombre porque su pico recuerda a una quilla de barco.

TROPEOGNATUS

Cazadores y presas

57 Según su tamaño, los dinosaurios atacaban de una forma u otra.

Los pequeños se basaban en la velocidad y en sus afiladas dentaduras; y los de gran tamaño confiaban más en sus poderosas garras y su fuerza bruta.

El PISANOSAURIO o 'lagarto de Pisano'

58 Junto a los dinosaurios más grandes era frecuente encontrar a otros mucho más pequeños.

Estos se alimentaban de los insectos, gusanos… que quedaban al descubierto cuando avanzaban los dinosaurios. ¡Para estos seres diminutos cada paso de los gigantes era como un terremoto!

59 El pelecanimimus guardaba cierto parecido con los actuales pelícanos.

Tenía una bolsa bajo la boca que podía servirle para pescar. Pese a ser un dinosaurio omnívoro, fue el mayor depredador de las zonas rocosas.

El PELECANIMIMUS medía como mucho unos 6 pies y medio (2 metros) de largo.

30

60 Los dinosaurios pequeños no tenían ningún elemento de defensa más que su velocidad.

El hipsilofodón es un claro ejemplo de este grupo: vivía en pequeñas manadas, vagaba por los bosques y podía alcanzar las 28 millas (45 km/h) si necesitaba escapar de un depredador.

El HIPSILOFODÓN, un herbívoro tan pacífico como veloz

61

El ornitolestes era uno de los dinosaurios más pequeños y vivía junto a otros más grandes, devorando la carroña que dejaban de sus presas.

Tenía unos dientes curvos afiladísimos que le permitían devorar ranas, lagartos y pequeños mamíferos en unos instantes.

El COMPSOGNATUS era del tamaño de una gallina. Se sabe que comía lagartos porque en los dos fósiles encontrados se conservan sus presas.

62

El carnotauro, uno de los mayores depredadores, tenía dos pequeños cuernos afilados sobre los ojos.

Le servían para perforar la dura piel de sus víctimas. Este imponente animal era de la misma familia que el tiranosaurio.

Un CARNOTAURO devorando a un COELOFISIS.

63

Hasta el más fiero e imponente de los dinosaurios servía de alimento a otros animales.

Y es que entonces ya había parásitos, como las pulgas, que se alimentaban de la sangre y la carne superficial de los enormes dinosaurios.

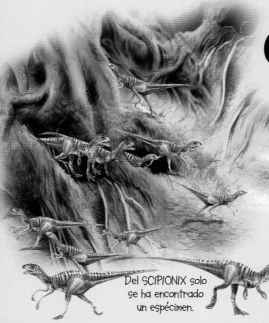

64 El hesperonicus fue un carnívoro del tamaño de un gato y puede que tuviera plumas.

Se trata, probablemente, del más pequeño de todos los carnívoros que coexistieron con el gigante tiranosaurio.

Del SCIPIONIX solo se ha encontrado un espécimen.

¿SABÍAS QUE...?

Se cree que la mayoría de los huevos de dinosaurio debían de ser del tamaño del de una gallina. Si hubieran sido más grandes, su cáscara sería demasiado gruesa como para que el recién nacido pudiese romperla.

65 El micropaquicefalosaurio ostenta dos récords en el mundo de los dinosaurios.

Fue el dinosaurio más pequeño, ¡pero es el que tiene el nombre más largo! Solo pesaba 22 libras (10 kilos) y era del tamaño de un perro mediano.

66 El heterodontosaurio tenía tres tipos diferentes de dientes.

Eran parecidos a los de una persona, y era capaz de masticar tanto hojas tiernas como brotes duros. Este tipo de dentadura era muy atípica en un dinosaurio.

Reproducción

67 Se cree que los dinosaurios tenían rituales de apareamiento.

Es muy probable que los machos exhibiesen sus crestas para cortejar a las hembras, que luchasen entre sí o que incluso llevasen a cabo danzas o movimientos rituales difícilmente imaginables. También realizaban llamadas de apareamiento, como hacen hoy en día muchas especies.

68 Las crías de los dinosaurios permanecían en el nido después de salir del huevo.

Mientras eran pequeñas, los padres las alimentaban, tal y como hacen las aves.

Gracias a los nidos encontrados, sabemos que los dinosaurios grandes, como el MAIASAURA, alimentaban a sus crías.

69 Los maiasaura se agrupaban para nidificar.

De esta forma era más fácil defender los nidos de los depredadores y ladrones de huevos, ya que siempre estaban vigilados. Su nombre significa 'lagarto madre atenta'.

70

Los huevos de dinosaurio más grandes encontrados hasta la fecha miden tan solo unas 12 pulgadas (30 cm).

Por eso se piensa que, en general, los adultos debían hacerse cargo de las crías, ya que unos huevos tan pequeños estaban muy desprotegidos.

Los curiosos «pico de pato»

71 Los hadrosáuridos eran herbívoros y tenían un pico como el de los patos.

Algunos también tenían graciosas crestas en la cabeza. Vivían en manadas para cuidar mejor los nidos y protegerse de los depredadores.

72 Estos dinosaurios tenían dientes de reserva en sus mandíbulas.

Cuando se les gastaban los dientes, se caían y les salían unos nuevos. ¡Muy práctico!

El HIPSILOFODÓN era de los pequeños y ágiles. Tenía la cabeza parecida a la de una oveja.

73 El cráneo prodigioso

El paquicefalosaurio era un herbívoro que vivía en manadas. El grosor de su cráneo medía 10 pulgadas (25 cm). ¡Tanto como 5 ladrillos juntos!

PAQUICEFALOSAURIO

74 ¡Menudas mandíbulas!

El número de maxilares de algunos ejemplares podría superar las 2,000 piezas, dispuestas de una forma complicadísima. ¿Te lo imaginas?

75 El parasaurolofo tenía una enorme cresta–tubo sobre la cabeza.

Para defenderse se valía de tres características: su magnífico oído, sus excelentes cualidades para la natación, que le permitían escapar a nado de los depredadores, y su cresta hueca, que usaba para respirar cuando se sumergía en el agua. También podía hacer ruidos con la cresta para comunicarse.

La cresta del PARASAUROLOFO sonaba como un trombón.

El EDMONTOSAURIO, el único «pico de pato» sin cresta

76 Los herbívoros grandes, más lentos, se defendían coceando con sus garras traseras.

También podían alzarse hasta su máxima altura, apoyados en las patas traseras y la cola, y dejarse caer con todo su peso sobre el depredador.

77 Una enigmática cresta en forma de hacha

Los científicos creen que la cresta del lambeosaurio tenía la función de tubo de respiración cuando estos animales se sumergían en el agua. También es muy probable que les sirviera para emitir sonidos y reconocerse.

78 El edmontosaurio almacenaba alimento en sus carrillos.

Este herbívoro tenía el pico muy ancho y se pasaba el día pastando hierba.

79 En piña para defenderse

La mayoría de los grandes herbívoros vivía en manadas muy numerosas. Se defendían de los depredadores rodeando a las crías y adoptando una actitud agresiva ante los ataques.

80 Un chapuzón para salvar la vida

El coritosaurio tenía muy buen oído y buena vista, lo que le permitía percibir rápidamente el peligro. Huía rápidamente y solía nadar para desembarazarse de los carnívoros, que no sabían manejarse bien dentro del agua.

La gran era de los dinosaurio

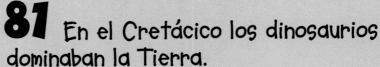

81 En el Cretácico los dinosaurios dominaban la Tierra.

En este momento había una gran variedad de dinosaurio
que habían evolucionado para adaptarse mejor al medio
en que vivían. Eran poderosos e inteligentes, poblaban
todo el planeta y no tenían rival.

82 Cuernos, corazas e impresionantes garras, los herbívoros sabían defenderse.

El euoplocéfalo tenía una coraza que
le protegía todo el cuerpo, además de una cola
terminada en una especie de maza, con
la que podía derribar a un tiranosaurio.
El tricerátops, por su parte,
contaba con tres cuernos curvos
en la cabeza. ¡Todo un peligro
para sus atacantes!

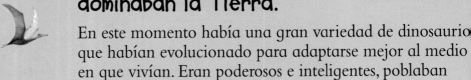

83 El rápido ovirraptor o 'ladrón de huevos'

Tenía un pico curvo con el que
podía perforar los huevos y
comérselos mientras los sujetaba
con sus patas delanteras.

84

Los trozos de carne descompuesta entre los dientes de los carnívoros podían ser su arma secreta.

Esta carne putrefacta podía transmitir una infección a las heridas de sus adversarios. ¡Incluso provocarles la muerte!

¿SABÍAS QUE...?

Los dinosaurios se extinguieron al final del período Cretácico, justo en el momento en que estaban en su máximo apogeo.

85 El tricerátops fue el dinosaurio con cuernos más grande y fuerte.

Tenía una coraza ósea tras la cabeza y tres largos cuernos, dos en la frente de hasta un metro de largo, y otro más corto en el hocico. A pesar de su aspecto, era pacífico y solo atacaba para defenderse de los depredadores. Vivía en manadas.

86 El tiranosaurio era el más fiero de los depredadores, un cazador implacable.

Era enorme y muy fiero. Se alimentaba de dinosaurios herbívoros y también de los carnívoros más pequeños. Medía 20 pies (6 metros) de alto y 46 pies (14 metros) de largo, tenía unas garras terribles y una enorme boca repleta de afilados dientes de hasta 7 pulgadas (18 cm) de largo.

87 A veces el tiranosaurio actuaba como un vulgar ladrón.

Acechaba oculto a otros depredadores más pequeños. Cuando estos abatían a un animal, el tiranosaurio los ahuyentaba y devoraba la presa.

El TIRANOSAURIO, o 'lagarto tirano', pesaba entre 6 y 10 toneladas.

88 El estiracosaurio fue, sin duda, uno de los dinosaurios más vistosos.

Tenía un cuerno largo y afilado en el hocico, que podía infligir golpes mortales al más grande de los depredadores. También contaba con una espectacular placa ósea que le protegía el cuello, y que a su vez estaba bordeada por cuernos.

El cuerno frontal del ESTIRACOSAURIO, o 'lagarto espinoso', podía alcanzar 24 pulgadas (60 cm) de largo y 6 pulgadas (15 cm) de grosor.

89 El euoplocéfalo era el mejor acorazado de los dinosaurios, con una impresionante armadura de placas óseas.

Atacarlo era prácticamente imposible, a menos que se le diese la vuelta, cosa impensable dada la robustez de sus patas. ¡Incluso sus párpados estaban acorazados, como si fueran compuertas de acero!

90 Los dientes de los carnívoros se caracterizan por su forma afilada, como si fueran cuchillos.

Por su forma, los dientes no se clavaban en sus presas como hacen los colmillos de los grandes depredadores mamíferos, sino que cortaban la piel como cuchillos. Una sola dentellada podía causar la muerte.

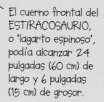

Al final del Cretácico quedaban pocas especies de PTEROSAURIOS.

La gran bola de fuego

91 No se sabe a ciencia cierta cuál fue la causa de la extinción de los dinosaurios.

La hipótesis más probable es que estos animales se extinguieron, junto con muchas otras especies, debido a la caída de un enorme meteorito.

92 El choque provocó nubes de polvo y vapor que oscurecieron el cielo y cambiaron el clima.

En las capas de la Tierra correspondientes a esta época se ha encontrado mucho iridio, un elemento químico típico de los meteoritos.

93 No se extinguieron de golpe, sino que fueron desapareciendo poco a poco.

En algún momento, hace 65 millones de años, dejó de haber dinosaurios en la Tierra. Su extinción fue total y ninguna especie pudo sobrevivir.

El HUNGAROSAURIO disponía de una hilera de espinas y protuberancias óseas a lo largo de su lomo.

94 Los pterosaurios también se extinguieron.

Los pterosaurios más pesados, como el quetzalcoatlus, no podían volar cuando llovía. Sus alas se empapaban y pesaban demasiado para levantar el vuelo.

95 El comienzo del fin

Tras la caída del meteorito, la Tierra sufrió un breve pero repentino aumento de las temperaturas y casi toda la vegetación desapareció.

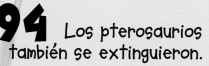

96 Los dinosaurios supervivientes murieron por falta de alimento.

Primero desaparecieron los herbívoros y después les siguieron los carnívoros, por falta de presas. El planeta se quedó a merced de los pequeños mamíferos, que aprendieron a sobrevivir.

Después de los dinosaurios

97 El calor intenso y las nubes tóxicas acabaron y los supervivientes salieron de sus madrigueras.

Encontraron un mundo muy diferente al que había existido hasta entonces. Muchas especies de animales y plantas se habían extinguido.

98 Los mamíferos heredaron el planeta.

Al ser más pequeños que los dinosaurios, muchos mamíferos consiguieron sobrevivir alimentándose de pequeñas plantas acuáticas y de insectos.

99

La extinción de los dinosaurios hizo posible que los mamíferos evolucionaran... hasta llegar al ser humano.

Es muy probable que, si ese meteorito no hubiese colisionado con la Tierra, nunca se hubiesen dado las condiciones necesarias para la evolución de los mamíferos, ¡y nosotros no estaríamos aquí!

100 Los dinosaurios dejaron su herencia en las aves.

Los pájaros son los descendientes de los dinosaurios, que evolucionaron para ser más pequeños y resistentes, y adaptarse a las nuevas condiciones de vida.

101 El tricerátops, último eslabón

Según los restos encontrados, esta especie fue la última en desaparecer.

Índice